Madame Mordlust

Orgasmord

Ein sadistischer Roman

Dieses Buch ist Menschen gewidmet,

die extreme Fantasien schätzen.

Prolog

Sie hatte noch nie einen Orgasmus...

Natascha ist jung, hübsch und reich.
Ihr Haar ist dunkelblond und mittellang. Sie trägt es meistens offen. Es bedeckt die Hälfte ihres Rückens, und die nach vorne gelegten vollen Strähnen sind wie zwei Vorhänge, die links und rechts entlang an ihren wohlgeformten Brüsten einen leicht geschwungenen Rahmen bilden. Ihre Augen sind groß und tiefblau, und der Mund ist stets in dezentem Rosa geschminkt.

Wer würde vermuten, dass sich hinter solch einem zarten Anblick eine Bestie versteckt ? Wer würde erwarten, dass die schöne 22-Jährige Nacht für Nacht stundenlang wachliegt, weil sie nicht einschlafen kann, nicht einschlafen *will* ? Es wäre falsch zu sagen, dass sie „dreckige Fantasien" hätte. Ihre Fantasien sind nicht dreckig.
Sie sind dunkel.
Brutal.
Erbarmungslos.

In ihrer Seele spürt sie ununterbrochen die Lust zu Quälen. Mit jedem Herzschlag. Bei jedem Atemzug. 22 Jahre lang hat sie sich zurückgehalten. Doch nun ist ihr Moment gekommen. Sie will nicht mehr „brav" sein. Traum muss Realität werden.
Sie will weit gehen.
Extrem weit.

Natascha will Sex.
Aber ihr Interesse an Männern hält sich in Grenzen. Die wenigen Bekanntschaften, die sie bisher hatte, fand sie nichtssagend. Sinnloses Rein-Raus-Getue mit Typen, die ihr nicht das Geringste bedeutet haben. In ihren Augen ist sie noch nie einem wirklichen Mann begegnet - nur lebenden „Mann-Karikaturen".

Jetzt sucht sie nach dem besonderen Kick, nach außergewöhnlicher Grenzüberschreitung, nach massiver Machtdemonstration.

Aber vor allem sehnt sie sich nach Einem:
Rache!

Roulette

„Nichts geht mehr", sagt der Croupier im eleganten schwarzen Anzug, „Rien ne va plus". Die Scheibe dreht sich. Die kleine weiße Kugel rollt gegen den Uhrzeigersinn über ihre runde Welt. Als die Scheibe langsamer wird, hüpft die Kugel staccato-artig über die roten und schwarzen Zahlen. Schließlich landet sie in einem der Nummernfächer: Auf dem in Sichthöhe angebrachten Bildschirm erscheint die rote Neun.

Soeben hat Natascha 1000 Euro verloren; es war ein schöner lilafarbener rechteckiger Jeton. Sie hatte auf „Schwarz" gesetzt. Sie setzt immer auf Schwarz, es sei denn, sie setzt auf eine bestimmte Zahl. Aber das tut sie eher selten. Der Verlust berührt sie in keinster Weise: Sie ist Alleinerbin ihrer Großmutter Hannelore, die mit einem sehr erfolgreichen Geschäftsmann in den USA verheiratet war. Seine Schuhgeschäfte sind über das ganze Land verteilt, und nach seinem Tod verkaufte die Witwe den 300 Millionen Dollar schweren Besitz und lebte von den Zinsen. Hannelore hatte nur einen Sohn,

„Edward", Nataschas Vater. Doch Nataschas Eltern kamen Beide bei einem Autounfall ums Leben, als sie gerade mal zwei Jahre alt war, weswegen sie bei ihrer Großmutter in den Staaten aufgewachsen ist. Hannelore kümmerte sich liebevoll um ihre kleine Enkelin – aber sie war eine sehr disziplinierte Dame.

Natascha spielt nicht Roulette, um zu gewinnen. Was sie mag ist das anonyme Flair, die stilvollen Anzüge der Croupiers, und vor allem das „Ausgeliefertsein" an den Zufall. Und sie hört gerne das Geräusch der rollenden kleinen Kugel: Wenn die Scheibe sich dreht - von einer geschickten Hand in die Bewegung geführt - verfällt sie jedes Mal in eine kurze Meditation, die gegen Ende einer jeden Spielrunde in gespannte Erwartung gipfelt, um sich dann, wenn die Kugel zum Stillstand gekommen ist, in der Realität aufzulösen.

Eine Stunde lang hat sie nun schon auf „Schwarz" gesetzt (wobei sie ein paar Runden ausgelassen hat). Einige Male hat sie dabei gewonnen, aber der Verlust überwiegt. Sie macht eine Pause im Raucherbereich und gönnt sich einen weißen Martini. Sie überlegt sich:

„Das nächste Spiel setze ich auf die 13. Wenn ich Glück habe und die Zahl gewinnt, beginnen heute Abend meine Abenteuer".
Nach der Pause spielt sie eine letzte Runde.
Es kommt die 14.

... Aber Natascha hatte sich ihr Opfer schon ausgesucht und lässt sich durch das Spiel die bevorstehende Nacht nicht verderben ! Im verglasten Raucherzimmer mit Blick auf die Roulette-Tische saßen (als sie die Pause gemacht hatte) vier Männer. Drei saßen beisammen und schienen befreundet zu sein, und Einer saß abseits und trank ein Glas Rotwein, während er rauchte. Zwar hatte er akzeptable Kleidung an, aber sein weißes Hemd hing schlampig zur Hälfte über der schwarzen Hose. Natascha legt großen Wert auf Eleganz. Sie selbst hatte an jenem Abend einen knielangen schwarzen Rock und eine enge, dunkelblaue Bluse aus Seide an, die ihre großen tiefblauen Augen optimal betonte. Als sie den Mann mit der schlampigen Kleidung sah, zogen sich ihre Mundwinkel unwillkürlich nach unten. Und als sie gerade dabei war, sich ihrer eigenen Verachtung bewusst zu werden, gähnte er - und sie erblickte dabei seine schlechten Zähne... denn er hatte sich beim Gähnen nicht die Hand vor den Mund gehalten. Sie wollte gerade wieder den Raucherbereich verlassen, um ihre letzte Runde zu spielen. Als sie an ihm vorbeilaufen wollte, warf der schlampige Mann ihr einen notgeilen Blick zu. Natascha traf spontan ihre Entscheidung: „Dieses Verhalten *muss* bestraft werden. Der ‚Gähner' wird mein erstes Opfer sein!"

Natascha spielt also ihre letzte Runde. Die „14" war zwar nicht die „13", auf die sie gesetzt hatte, aber sie interpretiert es dennoch als Schicksal. Sie sagt sich: „So wie *ich* mit meinem ersten Opfer noch üben muss, so muss das *Schicksal* auch noch üben, mir die richtigen Zahlen zukommen zu lassen. ‚Kismet' und ich sind Lernende". Unauffällig öffnet sie einen weiteren Knopf ihrer blauen Bluse (zwei waren bereits geöffnet), nimmt Haltung an, und geht zurück ins verglaste Raucherzimmer.

Die anderen drei Männer hatten den Raum inzwischen verlassen. Der „Gähner" saß alleine da, immernoch rauchend, und Natascha kommt langsam auf ihn zu. Sie setzt ein liebliches Lächeln auf und fragt ihn:

„Entschuldigen Sie bitte. Darf ich Sie fragen, ob Sie öfters herkommen?"

Der Mann antwortet skeptisch: „Ja. Warum wollen Sie das denn wissen?"

„Nun, ich bin heute zum ersten Mal hier" lügt sie, „und ich kenn mich mit dem Roulette-Spiel noch nicht so aus. Könnten Sie mir vielleicht ein paar Tipps geben?"

Der Gähner war begeistert. Er konnte einer bildhübschen und „hilfsbedürftigen" jungen Frau nun einen Vortrag über das Roulette halten und sich dabei ordentlich produzieren. Er fordert sie auf, sich zu ihm zu setzen.

„Oh, vielen Dank" sagt sie, „ich gehe nur kurz an die Bar und hole mir noch was zu trinken. Darf ich Ihnen etwas mitbringen?"

„Ja. Noch ein Glas Rotwein für mich".

Auf dem Weg zur Bar denkt sich Natascha, dass ein Gentleman selbst aufgestanden wäre und die Getränke besorgt hätte. Ihr Vorurteil bestätigte sich immer mehr: Der Gähner war niveaulos, von sich selbst eingenommen, und zu allem Überfluss auch noch ein Geizhals.

Er trinkt seinen Rotwein, und sie trinkt eine kalte Cola (die ihr einen klaren Kopf bewahren soll). Sie unterhalten sich über das Roulette:

Sie stellt ihm viele Fragen über Spieleinsätze, Gewinnchancen, Anzahl der Casinos in Berlin, und vieles mehr. Der Gähner fühlt sich großartig, amüsiert sich, schaut Natascha unverhohlen in den Ausschnitt. Zwar war ihm etwas schummrig, aber er maß dem keine Bedeutung zu. Was er nicht wissen konnte: Seine hübsche Gesprächspartnerin hatte ihm etwas in sein Glas getan...

Das Spiel beginnt

„Benzin!", dachte der Gähner,
„Es riecht nach Benzin."
Der penetrante Geruch war das Erste, was ihm aufgefallen ist, als er wieder zu Bewusstsein kam. Und die Schmerzen... Sein ganzer Körper tat unendlich weh, sein ganzes Wesen schien zu brennen. Besonders seine Augen - Sie waren angeschwollen, stark gerötet, und wollten nicht aufhören zu tränen.

Als er endlich an etwas Anderes denken konnte als an seine Schmerzen fiel ihm auf, dass er in Bewegung war. Er schien zu laufen. Aber er hatte ein komisches Gefühl in den Beinen; sie haben ihn nicht richtig getragen. Es war stockduster, kalt, und er hatte keine Ahnung, wo er war. Er war irgendwo „Draußen". In einer abgelegenen Gegend. Doch wo war er? Und wie kam er überhaupt dorthin ? Er konnte sich an nichts erinnern. Und warum tat sein Körper so weh ? Er versuchte, in seinem Gedächtnis zu kramen. Doch das Letzte, woran er sich erinnern konnte, war, dass er sich auf den Weg ins Casino gemacht hatte.

X-5X.
So heißt die neuartige Droge, die Natascha dem nichts-ahnenden Fremden ins Rotweinglas getan hatte. Zwei Ampullen davon waren immer griffbereit in ihrer Handtasche. X-5X ist eine geschmacksneutrale komprimierte Flüssigkeit mit drei Auswirkungen:
1. Sie erzeugt eine Erinnerungslücke in Bezug auf die nächsten 10-12 Stunden,
2. sie führt zu Schwächung der Willenskraft,
3. und sie bewirkt eine unterschwellige Angst beim Konsumenten, die ihn dazu bringt, die Nähe eines anderen Menschen zu suchen, weil er sich (unbewusst) Schutz von diesem verspricht.

Somit wird das Opfer direkt in die Arme - und Willkür - des nächsten Menschen getrieben.

Als Natascha mit dem Gähner alleine im Raucherzimmer gesessen hatte, merkte sie an seinem Verhalten, wann die Droge zu wirken anfing. Aber sie wollte trotzdem lieber auf Nummer sicher gehen. Sie fordert ihn auf:
„Würden Sie bitte kurz aufstehen?"
Der Mann steht auf.
„Heben Sie Ihr linkes Bein!"
Ohne zu zögern hebt er sein linkes Bein etwas an, und schaut Natascha dabei - ein wenig unsicher - in ihre großen blauen Augen.
„Sing jetzt: ‚Alle meine Entchen'!"
Der Mann beginnt zu singen.
Ohne Einwände.
Und ohne Rhythmusgefühl.
In schiefen Tönen.
... das linke Bein immer noch angehoben.
„Super", schmunzelt Natascha innerlich,
„Es funktioniert".

Genüsslich raucht sie noch ihre Zigarette zu Ende und geht in Gedanken durch, was sie heute Nacht noch alles mit dem Gähner anstellen würde. Und sie stellt grinsend fest, dass ihre Zigarettenspitze nicht das Einzige war, das glühend heiß ist...
Sie steht auf: „Es ist Zeit. Wir müssen gehen".

Im Verborgenen

Natascha verlässt das Casino - der Mann folgt ihr. (Die Getränke hatte sie bereits an der Bar bezahlt). Sie schaut auf ihre Uhr am Handgelenk: Es war kurz nach 21 Uhr. „Zum Glück regnet`s nicht", denkt sie sich, während sie in den berliner Himmel an diesem Septemberabend guckt. Sie steigt in einen roten Renault auf der Fahrerseite ein. Der Mann setzt sich daneben. Und sie fahren los.

Während der langen Fahrt wurde kein einziges Wort gesprochen. Im CD-Player spielte düstere Musik von Rachmaninoff. Im Kofferraum hatte sie schon vor einigen Tagen - in weiser Voraussicht - einige Utensilien verstaut. Heute Nacht würden sie gewiss zum Einsatz kommen...

Der Wagen hält an.
Sie waren auf einem sehr abgelegenen, stillgelegten Industriegelände in Brandenburg. Es war kühl.
Und es war Vollmond.
Das Tor vom Gelände, wenn man es noch „Tor" nennen konnte, war rostig. Der eine Flügel hing

noch in den Angeln, der andere war ausgehangen und beiseite gestellt. Natascha ist einfach mit dem kleinen Renault durchgefahren. Sie hatte alles schon wochenlang geplant: Mehrfach ist sie hier bei Tag und auch bei Nacht vorbeigefahren, um die Lage auszukundschaften. Es war nie eine Menschenseele dort. Das Gelände war zwar völlig verwahrlost, aber bot das optimale „Setting" für ihr erstes Abenteuer.

„Steig aus", sagt sie zu dem Gähner.
Er steigt aus.
Er war sichtlich verwirrt, hatte Angst, aber fühlte sich durch Nataschas Anwesenheit sicher. Allein der Klang ihrer Stimme, sanft und doch bestimmend, befehlend, gab ihm den Halt, den er brauchte.
„Zieh dich aus - bis auf die Unterhose!
Dann falte deine Kleidung sorgfältig zusammen und leg sie vor das Auto auf den Boden."
Der Mann tat, wie ihm befohlen wurde.
Doch wie zu erwarten war, war seine Kleidungsfalttechnik mehr als mangelhaft.
„Das ist nicht ‚sorgfältig'!", zischt sie ihn an, und verpasst ihm eine ordentliche Ohrfeige.
Das Geräusch klatscht in die abgelegene Stille.

Der Mann wehrte sich nicht.
Sagte nichts.
Tat nichts.
Stand einfach nur bekümmert da.
„Falte nochmal !"
Diesmal gab er sich große Mühe, seine Kleidungsstücke ordentlich zu falten. Als er fertig war, schaute er sie unterwürfig an. Er sehnte sich nach einem Lob, nach einem einzigen freundlichen Wort von Natascha, nach ihrer weiblichen Nähe...
Vergeblich.

Jetzt soll der Gähner sich vor eine Laterne auf dem Gelände knien, und zwar so, dass sein Rücken daran angelehnt ist und seine Hände sich dahinter strecken. (Die Laterne war zwar nicht an, aber der Vollmond spendete genug Licht für das düstere Vorhaben dieser Nacht). Natascha geht kurz zum Wagen, der in Reichweite stand. Die Handschellen, die sie aus dem Kofferraum holt, legt sie dem Gähner mit schneller Geschicklichkeit an. Nun ist er an die Laterne gekettet. Er ist ihr ausgeliefert. Er kann nicht mehr entkommen.

Eine ganze Weile läßt Natascha den Mann einfach in seiner weißen Unterhose an der Laterne knien. Sie stolziert langsam in ihrem schwarzen Rock und ihrer dunkelblauen, halbaufgeknöpften Bluse in hochhackigen Schuhen auf und ab, und um ihn herum. Das Geräusch der High Heels wirkt bedrohlich; sexy; dominierend – Klack... Klack... Klack... - in langen Abständen, in der Dunkelheit der Nacht, fernab jeglicher Zivilisation. Sie betrachtet ihn dabei grinsend... und geht im Kopf durch, was sie als Nächstes mit ihm tun wird. Der Mann war inzwischen durchgefroren, ihm taten die Knie weh, und er hatte Angst. Aber seine Augen waren auf *sie* gerichtet, jede ihrer Bewegungen verfolgend - wie die Augen eines hungrigen Säuglings, die der heißersehnten Milchflasche folgen.

Nach langem Schweigen spricht sie ihr Opfer endlich an. In einem kühlen Ton fragt sie ihn:
„Ist dir kalt ?"
Der Mann ist fast zu Tränen gerührt. Allein die Tatsache, dass sie ihn angesprochen hat, erfüllt sein Herz augenblicklich mit starker Zuneigung für sie. Es war wie ein Tropfen Wasser für einen Verdurstenden. Zitternd

antwortet er auf ihre Frage mit einem leisen: „Ja".
Eine Ohrfeige, doppelt so hart wie die Erste, trifft sein Gesicht. „Es heißt: ‚Ja, *Herrin*'!", faucht sie ihn an.
Betrübt wiederholt er in noch leiserem Ton: „Ja, Herrin."
Dann stolziert Natascha wieder wortlos auf und ab. Der Mann ist inzwischen bläulich vor Kälte; aber sie hat kein Mitleid. Sein ekelhaftes Gähnen im Casino, das seine schlechten Zähne präsentierte, seine Schlampigkeit, und sein niveauloses Benehmen waren ihr ununterbrochen vor Augen... genau wie ihre Lust, ihn dafür hart zu bestrafen.

Nun holt sie wieder etwas aus dem Kofferraum und wendet sich dann erneut dem knienden Häufchen Elend zu. Der Gegenstand in ihrer Hand funkelt silbern im Mondschein. Sie beugt sich runter zum Gähner. Ihre schönen Haare kitzeln dabei kurz seine nackte Schulter, und sie lässt es zu, dass er einen kurzen Blick in ihren Ausschnitt erhascht. Und mit dem Mittelfinger ihrer linken Hand berührt sie sanft seine rechte Brustwarze, die vor Kälte schon sehr steif geworden war.

Sie grinste.
Es gefiel ihr, über einen völlig fremden Mann einfach so verfügen zu können.
Und er freute sich über die sanfte Berührung.

Aber die Freude sollte nicht von Dauer sein. Denn nun führt sie das silberne Skalpell mit ihrer rechten Hand an die gerade noch liebevoll berührte Brustwarze und macht dort einen diagonalen Schnitt.
Der Mann schreit auf.
Zwar hat die Kälte den Schmerz etwas gedämpft, aber nun steigerte sich seine Angst in Panik. Trotzdem traute er sich nicht, irgendetwas zu sagen.
Natascha macht jetzt einen zweiten diagonalen Schnitt an derselben Stelle, aber diesmal in entgegengesetzter Richtung. Der Gähner wimmert, da Schmerz und Kälte ihn immer mehr schwächten. Nun hatte er ein kleines „X" auf seiner rechten Brustwarze. Sein rotes Blut fließt langsam hinunter.
„Ich hasse Asymmetrie...", sagt Natascha dozierend. Und dann bekommt seine linke Brustwarze auch ein „X" verpasst. Sie läuft etwas zurück, um ihr Werk mit ein wenig Distanz zu betrachten. Seine Brustwarzen

waren nun zu zwei kleinen roten tränenden Brunnen geworden.
„Das ist Kunst !", sagt sie.
Und dann schneidet sie in seinen Bauchnabel ebenfalls ein „X". Jetzt läuft sein Blut auch direkt über die vordere Mitte seiner weißen Unterhose - ein schöner farblicher Kontrast. Der Inhalt derselben war etwas gewölbt. Aber dafür hatte sie nichts übrig. Außerdem schien der Mann inzwischen etwas geistesabwesend, so, als würde er in jedem Moment auf eine Ohnmacht zusteuern.

Wieder geht sie zum Kofferraum...

Kurz darauf ist der Mann klitschnass. Und wieder hellwach. Seine Augen brannten, seine Brustwarzen brannten, sein Bauchnabel tat weh. Es schmeckte scheußlich... Natascha hatte einen Kanister Benzin über den Gähner ausgekippt. Und sie hat ihm befohlen, dass er währenddessen Gähnen sollte - oder zumindest so zu tun, als ob. So war sein Mund geöffnet, als das kalte Nass über seinen Körper gegossen wurde. Und da er mit Handschellen an der Laterne befestigt war, konnte er sich noch nicht einmal die Augen reiben. Die Tränen ergossen sich in Strömen. Er hatte Mühe, seine Augen geöffnet zu halten. Aber er hatte zuviel Angst, sie zu schließen. Er musste beobachten, was nun geschehen würde.

„Willst du jetzt *Sterben*?" fragt sie ihn keck.
Der Mann brachte kein Wort hervor.
Sein Hals war wie zugeschnürt.
Ihr gefiel seine absolute Wehrlosigkeit.
Ihr gefiel seine Bestrafung.
Natascha war erregt.
Sie steckt ihre rechte Hand in ihre halbgeöffnete dunkelblaue Bluse und streichelt langsam-kreisend ihren linken Busen.
Auch der Gähner war erregt.
Trotz Todesangst.
Oder gerade deswegen!

Sie kommt näher an ihn heran.
Mit der rechten Hand hält sie sich an der Laterne fest, und mit ihrem linken Fuß - bekleidet mit einem hochhackigen schwarzen Lackschuh - gleitet sie kurz mit der Spitze vom Absatz über seinen in der Unterhose hervorstechenden harten Ständer.
Der Mann stöhnt tief.
Und lang.

Seine ganze Angst, seine ganzen Schmerzen, und seine ganze Geilheit kulminierten in diesem einen langgezogenen Ton.
Doch das hat Natascha verärgert.
„Was fällt diesem wertlosen Gähner ein, geil zu sein ? Ich werde ihn das Grauen lehren !"

Ein letztes Mal geht sie zum Wagen.
Mit einem Taschentuch trocknet sie die Augen des Gähners, die immernoch vom Benzin tränten. Er hält diese Geste für Zuwendung, und wird in diesem Augenblick überwältigt von starken zärtlichen Gefühlen für Natascha - trotz ihrer Grausamkeit.
Doch dies war nicht als Zuwendung gemeint.
Sie wollte nur, dass er besser sehen konnte.
Denn nun offenbarte sich ihm, was sie aus dem Auto geholt hatte: Eine Schachtel Zigaretten.
Und ein rotes Feuerzeug.
Sein Herz stand still.

Sehr dicht an ihm dran, sehr dicht an der Benzinlache, die ihn umgab, steckt sich Natascha nun eine Zigarette in den Mund.
Sie zündet sie an.
Der Mann hält den Atem an.
Seine Augen weit aufgerissen.

Ihr schießt kurz der Gedanke durch den Kopf, ob sie in den Wagen steigen soll, um dort in Ruhe zu masturbieren. Denn der angsterfüllte Gesichtsausdruck des Mannes, den sie ja (in ihren Augen) rechtmäßig bestrafen will, und die absolute Macht, die sie in diesem Moment besaß, berauschten sie völlig - Sie war „high". „Aber ich bin doch kein Mann !", schmunzelt sie über die Absurdität dieser Schnapsidee. Stattdessen macht sie die nun zu Ende gerauchte Zigarette in sicherer Nähe aus, befreit den Gähner von seinen Handschellen, und befiehlt ihm, sich wieder anzuziehen.

Der Mann tat, wie ihm befohlen wurde; aber er hatte große Mühe, wieder aufzustehen, da er so lange gekniet hatte. Alles tat ihm weh. Die Blutungen der drei „X"e hatten inzwischen zwar wieder aufgehört, aber sie brannten. Und auch seine Augen. Und der Benzingeschmack war noch immer in seinem Mund. Und er war noch immer erregt, geschwächt, heiß, kalt, seelisch durcheinander. Seine Gedanken schienen ihm zu entgleiten: Wer war nur diese Frau, die solches mit ihm getan hatte ? Und warum tat sie es ? Wo hatte er sie überhaupt kennengelernt ?... Er stand unter Schock.

Als er fertig angezogen war, steigt Natascha in den Wagen. Der Gähner sollte draußen bleiben; er sollte dem Wagen hinterherlaufen. Sie fährt langsam los - und er läuft hinterher. Doch dann drückt sie plötzlich aufs Gaspedal... Er rannte so schnell er konnte ! Aber nach wenigen Augenblicken war der Renault außer Sichtweite. Sie hatte den Mann abgehängt.
Er rannte weiter; hoffte, sie einzuholen.
Er rannte.
Und rannte.
Wusste nicht mehr, warum er rannte.
Wusste nicht, wo er war.
Er ging langsamer -

Und Natascha war weg.

Der Unbekannte

Die ersten Anzeichen der Morgendämmerung bahnten sich ihren Weg durch die dunkle Nacht. Auf der Autobahn auf dem Weg zurück nach Berlin hält Natascha Ausschau nach einer bestimmten Raststätte. Sie findet das kleine 24-Stunden-Schnellrestaurant, parkt, und raucht draußen noch eine Zigarette. Sie läuft dabei langsam einen größeren Kreis und lässt ihre Gedanken schweifen. Dann geht sie ins Restaurant und bestellt einen schwarzen Kaffee und ein Croissant.

Sie sitzt da, umzingelt die warme Kaffeetasse mit ihren zarten femininen Händen und wärmt sich gemütlich daran. Sie streicht sich gedankenversunken eine Haarsträhne aus dem Gesicht. Sie lächelt. Was hatte sie die letzten Stunden nicht alles getan: Sie hatte sich hübsch zurechtgemacht, war im Casino gewesen, hatte einen Martini getrunken, den „Gähner" unter Drogen gesetzt, ihn entführt, geohrfeigt, gedemütigt, erregt, bestraft, mit „X"en markiert und mit Benzin übergossen. Was für eine Nacht !

Die Erinnerung an die Todesangst in seinen Augen und an das runterfließende Blut von seinen Brustwarzen ließ Nataschas Herz etwas intensiver schlagen. Ihr Atem wurde tiefer. Sie reißt elegant ein kleines Stück vom Croissant ab und führt es zum Mund. Doch etwas vom Blätterteig bleibt an ihren Fingern kleben, so leckt sie die Reste langsam und behutsam mit ihrer feuchten Zungenspitze ab.

Als sie das Croissant aufgegessen hatte und der Kaffee sich seinem Ende neigte, dachte sie daran, wie schön es wäre, wenn sie jetzt einfach hier drin sitzenbleiben und rauchen könnte. Aber es herrscht überall Rauchverbot. Sie erinnert sich an die letzte Zigarette, die sie draußen vor dem Schnell-Restaurant geraucht hatte. Und an die Vorletzte. Diese hatte sie sich grinsend zum Mund geführt - in der Nähe des mit Benzin übergossenen Gähners. Sie liebte es, mit seiner Angst zu spielen. Ja... Es war ein gefährliches Spiel. Doch wie soll man *sonst* spielen, wenn nicht gefährlich ?

Sie dachte darüber nach, was geschehen wäre, wenn die Sache „in die Hose" gegangen wäre: Was wäre passiert, wenn sie den Abstand zum Aschern nicht richtig gewählt hätte ? Oder wenn beim Anzünden der Zigarette Funken das Benzin in Flammen gesetzt hätten ? Nun, sie selbst hätte sich noch schnell in Sicherheit bringen können. Aber der Gähner ? Er war ja mit Handschellen an die Laterne gekettet...

Der Tod.
Unausweichlich - für uns alle !

Natascha dachte an den Tod ihrer Großmutter. Ungefähr ein Jahr war es her. Hannelore war ihre einzige wirkliche Bezugsperson gewesen. „Annie-Laura" - so sprachen die Amis den Namen ihrer Großmutter aus. Und auch Natascha tat es so, obwohl sie fließend Deutsch sprechen konnte. Diese Aussprache hatte für sie etwas von einem Kosenamen. Und nun ist sie fort. Für immer.

„Annie-Laura" war in Berlin geboren und aufgewachsen. Als sie ein Teenager war, lernte sie ihren zukünftigen Mann „Andrew Stone" kennen, der als Soldat der Alliierten hier einige Jahre stationiert war. Als sie älter wurde und Andrew in Tennessee in den Staaten sein erstes Schuhgeschäft eröffnete, das sehr erfolgreich lief, wanderten sie aus und heirateten dort. Andrew war ein tüchtiger Geschäftsmann, und überall im Land öffnete er Filialen, bis seine Kette in den ganzen USA bekannt wurde. Doch der berufliche Stress zehrte mit der Zeit an seiner Gesundheit. So starb er mit 58 Jahren an einem Herzinfarkt, und hinterließ seiner Witwe ein gigantisches Vermögen. Hannelore heiratete nie wieder. Sie machte es sich zur Lebensaufgabe, sich um

Natascha zu kümmern. Sie gab ihr viel Liebe, brachte ihr gute Manieren bei und unterrichtete sie zu Hause (als sie älter wurde, hatte sie Privatlehrer). Natascha wuchs zweisprachig auf, da Hannelore mit ihr immer Deutsch, und mit den Hausangestellten Englisch sprach. An ihre eigenen Eltern kann sich Natascha nicht erinnern. Sie kennt sie nur noch von alten Fotos, die in schön verzierte weiße Alben geklebt sind.

Natascha hat keine Geschwister. Und da sie Zuhause unterrichtet wurde, hatte sie nie gelernt, Freundschaften zu Gleichaltrigen aufzubauen. Sie wurde zum Einzelgänger. Sie vertiefte sich in Gedichte, hörte stundenlang Musik und spielte auch selbst leidenschaftlich auf dem großen weißen Flügel in der „Stone-Residenz". Ihre Einsamkeit bescherte ihr eine reiche Fantasiewelt, in die sie jederzeit eintreten konnte - wie in ein geheimes Zimmer. Hannelore jedoch wurde mit zunehmendem Alter immer schwächer. Sie äußerte den Wunsch, vor ihrem Tod noch ein letztes Mal nach Berlin zu kommen, um sich von ihrer alten Heimat zu verabschieden. So kam es, dass Natascha mit „Annie-Laura" nach Berlin reiste.

Nach dem Tod von Hannelore - die sanft im Schlaf gestorben war - stürzte Natascha in tiefe Trauer. Sie beschloss, sich abzulenken: So pendelte sie ständig hin und her zwischen Tennessee und Berlin, und kaufte ein großes Haus am Wannsee. Natürlich war mit dem Tod ihrer Großmutter und dem großen Erbe auch viel „Papierkram" zu erledigen. Sie hielt Ausschau nach guten Beratern. Innerhalb einiger Monate hatte sie dann ein paar Männer, die im Hintergrund für sie arbeiteten, und denen sie vertraute. Es war ihre „Crew", und sie war der Kapitän. Und nun, da ihr Wannsee-Haus zu ihrer Zufriedenheit fertig eingerichtet war, hatte sie Zeit, darüber nachzudenken, was sie mit ihrem Leben anfangen will. Und sie hat beschlossen, ihre dunklen Fantasien lebendig werden zu lassen.

Draußen war es inzwischen hell geworden, und das 24-Stunden-Schnellrestaurant füllte sich langsam mit Menschen. Trotz aller Aufregung der letzten Nacht war Natascha jetzt müde. Sie wollte an der frischen Luft noch etwas laufen, natürlich Eine rauchen, und dann den Nach-Hause-Weg antreten.

Sie geht raus, steckt sich die Zigarette in den Mund, und kramt in ihrer Handtasche nach dem Feuerzeug. Doch bevor sie es rausholen kann, geschieht etwas, das ihre Welt - ihre so sicher durchdachte Welt - für immer verändern sollte... Der Unbekannte hat ihr sein Feuerzeug an die Mündung ihrer Zigarette gehalten. Der unbekannte Bekannte. Der bekannte Fremde. Der *Mann*. Vor lauter Schock fällt ihr die Zigarette aus dem Mund. Sie ist diesem Mann noch nie zuvor begegnet. Und trotzdem kennt sie ihn besser als jeden Menschen sonst. Mehr als sich selbst. In ihrer Fantasie hatte es ihn schon immer gegeben; so lange sie sich erinnern konnte. Aber sie glaubte nicht an Wunder. Glaubte nicht an Märchen. Und nun war sie plötzlich mittendrin – wie in einem Traum. Sie hätte es nicht für möglich gehalten, dass er in Wirklichkeit existiert. Aber die nackte Wahrheit strafte ihre Voreingenommenheit Lügen. „Also gibt es Wunder doch. Und Märchen werden wahr..."

Für Natascha war der „Unbekannte" die Vollkommenheit in Perfektion ! Er war groß und kraftvoll, autoritär, und doch bescheiden. Und er schien gleichzeitig in zwei Welten zu leben.

Oder kam er aus einer ganz anderen Welt ? Seine Haare waren pechschwarz, seine Augen smaragdgrün, und sein perfekter Schnurrbart ruhte wie ein männliches Juwel in seinem makellosen edlen Gesicht. Und seine Hände... Nicht zu groß, nicht zu klein; aber stark. Und furchteinflößend. Mit einer einzigen Bewegung wäre er fähig, Nataschas Genick zu brechen. Und dennoch schienen seine Hände zu einer Zärtlichkeit fähig zu sein, die sich die meisten Männer nicht einmal ansatzweise vorstellen können: Wenn er ein Gänseblümchen pflücken würde, würde er es so behutsam tun, dass ein kleiner, darauf-schlafender Schmetterling nicht wegfliegen würde !

Doch das Wichtigste an *ihm* war seine Aura: Er wirkte wie ein König, dem die ganze Welt gehört. Dem alle Menschen untertan sind. Sein Blick war vollkommen majestätisch. Aber seine Kleidung war schlicht. Es schien so, als wollte der König einmal Inkognito in seinem Reich spazieren gehen, um die reale Welt seiner Untergebenen in Ruhe zu erforschen. Und Natascha war sein auserwähltes Zielobjekt.

Gerade versuchte Natascha sich wieder ein klein wenig zu fangen. Sie bückt sich, um ihre heruntergefallene Zigarette aufzuheben. Da spricht sie der Unbekannte an und sagt zu ihr: „Ich kenne dich".
Seine von absoluter Männlichkeit durchtränkte Stimme dringt tief in ihr Wesen. Sanft und erobernd. Bis zu ihrem Knochenmark.
Wie hypnotisiert richtet sie sich auf, mit der Zigarette in der Hand. Sie schaut in seine abgrundtiefen, durchdringenden Augen, senkt sofort wieder den Blick, und sagt: „Ich weiß !"

Für einen Außenstehenden hätte diese ganze Begebenheit überhaupt keinen Sinn ergeben. Eigentlich auch nicht für Natascha, wenn sie versucht hätte, es zu analysieren. Aber es schien ihr, als sei der Unbekannte der einzige wirkliche Mann, der einzige wirkliche *Mensch*, der überhaupt existiert. Alle anderen Menschen waren nichts als Hülsen. Reine Dekoration. Doch er war der Mensch. Er war „*Es* " - Die Wirklichkeit, die vom Traum in die Realität schwappt. Und deshalb kannte er sie. Musste er sie kennen. Denn der Traum, aus dem er entsprungen ist, war ihrer.

Es war zuviel für sie.

Es war, als hätte sie das Geheimnis des Lebens, das Geheimnis des ganzen Universums gelüftet.
Er war es.
Er war der Mensch.
Der Einzige.
Und sie musste weg.
Weg von hier. Weg von ihm.
Sie bekam keine Luft mehr...
Sie musste weg.
So schnell wie möglich.

Sie geht zu ihrem Wagen.
Ihre Knie waren weich wie Wachs.
Ihr Herz schlug rasend schnell.

Sie blickte nicht zurück.

Neues Spiel, neues Glück

Es war schon um die Mittagszeit herum, als Natascha endlich in Wannsee ankommt. Ihr schönes, großes, leicht rosafarbenes Haus, dessen Eingang mit zwei dezenten Säulen versehen ist, befindet sich direkt am Wasser.

Sie nimmt sich eine Flasche Rotwein aus der Küche und setzt sich damit ans Ufer. Sie lässt ihre Beine im Wasser baumeln, obwohl es bei dieser Jahreszeit dafür eigentlich zu kalt war. Sie war inzwischen schon sehr müde, aber sie konnte nicht schlafen. Und entgegen ihrer guten Erziehung trinkt sie diesmal den Wein direkt aus der Flasche. Ihre Welt war aus den Fugen geraten.

Menschen gehen davon aus, dass, wenn ihnen etwas Gutes widerfährt, sie sich freuen würden. Aber die Wahrheit ist: Das extreme Gute ist beängstigend. Natascha wusste das jetzt. Sie trinkt die ganze Flasche leer, dort am Wasser. Ihre Beine waren inzwischen eiskalt. Doch sie fühlte es nicht. Durch den Wein hat sie gehofft, zu vergessen. Vergessen. Und Schlafen können. Das ist das, was sie jetzt will. Sie ist *dem* Mann begegnet. Dem Einzigen. Und sie hat Angst. Sie hat das Ende der Lebenssuche erreicht, und das schon im jungen Alter von 22 Jahren. Jetzt gibt es für sie nichts mehr zu erreichen. Und sie hat ihn einfach stehen lassen und ist weggefahren. Sie will nur noch vergessen. Vergessen, Verdrängen und Schlafen. Sie will nichts anderes mehr. Sie will nichts fühlen - Keinen Schmerz, keine Freude, keine innerliche Berührung. Sie will eine Hülle sein. Eine Hülle, wie es all die Anderen auch sind. Denn ein Herz zu haben bedeutet, dass es zerrissen wird. Es blutet. Und sie will nicht bluten. Oberflächlicher Spaß ist das, was sie nun braucht. „Ich bin jetzt Mensch. Leer. Blutlos. Ein Staubkorn der ‚Massa Damnata'"... Das war Nataschas letzter klarer Gedanke. Die Rotweinflasche war leer, sie war erschöpft, extrem müde, und sie schleppte sich mit letzter Kraft in ihr einsames, teures, dunkelrotes, totenstilles Schlafgemach...

... Einige Tage waren vergangen.
Natascha füllte ihre Zeit mit Shoppen. Sie besaß natürlich schon viele teure Kleider, Handtaschen und Schuhe. Aber sie mochte es, neue Sachen zu kaufen. Diese kamen dann in eine bestimmte Ecke ihres großen begehbaren Kleiderschranks, die stets für „Neues" freigehalten wurde. Dort lagerten die Sachen dann, bis wieder etwas Neues dazukam. So konnte sie, wann immer sie dazu Lust hatte, sich an dieser Stelle ihre Neuerwerbungen in Ruhe ansehen und sich an ihnen erfreuen. Und

abgesehen vom regelmäßigen Einkaufen war sie damit beschäftigt, ihr potenzielles nächstes Abenteuer vorzubereiten. Sie versuchte mit aller Kraft zu verdrängen, was sie mit dem „Unbekannten" erlebt hatte. Sie wusste zwar, dass ihr das niemals gelingen würde. Aber was für eine Wahl hatte sie denn ? Wenn sie nicht wahnsinnig werden wollte, musste sie sich intensiv ablenken.

Es war Samstag Nachmittag.
Gerade hatte sich Natascha in der Stadt einen schönen schwarzen Ledermantel gekauft, um für den kommenden Winter gerüstet zu sein. Der Mantel war lang, fast bis zum Boden, und hatte sieben silberne dicke Knöpfe. Und natürlich kaufte sie dazu passende Stiefel, mit hohen aber breiten Absätzen. Das war zwar nicht ganz ihr Stil, der eher seriös und elegant war, aber sie wollte mal was Neues ausprobieren. Nun war es an der Zeit, etwas zu Essen. Sie hält Ausschau nach einem Restaurant in der Nähe, wo sie einkehren kann – quasi als Belohnung für getane „Arbeit".

Es war kein besonders nobles oder teures Restaurant, aber es wirkte nett, sympathisch.

Natascha bestellt ein Filet mit Kroketten und einem kleinen Salat. Es dauerte nicht lange, bis das Essen serviert wurde. Als sie dann mit dem scharfen Steakmesser das Stück Fleisch anschneidet, das innendrin noch gut rosa war – so, wie sie es mochte – trat ein wenig Blut hervor. Sie freute sich schon auf den Genuss. Als sie es mit Salz und viel Pfeffer würzt, fällt ihr Blick auf den benachbarten Tisch. Dort saß ein Mann mittleren Alters, mit seiner Frau und seiner circa drei Jahre alten Tochter. Sie schienen einen gemütlichen und harmonischen Nachmittag miteinander als Kleinfamilie zu verbringen. Natascha beneidet die Frau ein wenig, denn schließlich saß sie selbst alleine am Tisch. „Ob ich wohl eine gute Mutter wäre?", überlegt sie kurz. Aber ans Kinderkriegen war jetzt nicht zu denken. Sie war jung und hatte noch viel vor, und ein Kind würde dabei nur stören.

Der Mann erzählt irgendetwas Lustiges, was Natascha nicht hören konnte, und streichelt dabei kurz und zärtlich die Hand seiner Frau. Natascha war nach Weinen zumute. Auch sie wünschte sich Wärme, Liebe, einen Mann der sie streichelt... Aber sie war allein. Und sie wollte niemals um Liebe betteln. Und außerdem... Wo würde sie einen Mann finden, der sie so liebt, wie sie ist ? Wie ein Blitzeinschlag trifft es sie, und sie denkt an den „Unbekannten". Doch die Erinnerung an ihn schmerzt sie zu sehr, und ihre Augen beginnen zu tränen. Sie presst die Augenlider fest zusammen. Sie darf nie wieder an ihn denken. Sie muss ihn innerlich für „tot" erklären. Wenn sie es nicht tut, wird sie es nicht überleben. Denn sie hatte ihn einfach stehen lassen und war weggefahren. Für immer. Die Begegnung war ihre einzige Chance. Er war ihr Schicksal ! Und nun würde sie ihn niemals wiedersehen.

Geräusche vom Nachbartisch lenken Nataschas Aufmerksamkeit wieder auf das Hier und Jetzt; die Frau war gerade dabei mit der kleinen Tochter in Richtung Toiletten zu gehen. Aber kaum dass die Beiden außer Sichtweite waren, veränderte sich der Gesichtsausdruck des Mannes vollständig. Zuerst blickt er rüber zu Natascha und lächelt ihr zu. Dann wendet er den Blick wieder ab und schaut einer blonden Kellnerin hinterher. Diese erfüllte alle Klischees: Groß, schlank, vollbusig, lange blonde Haare und einen tiefen

Ausschnitt. Und – natürlich - einen prallen Hintern. „Na? Wie wärs denn mit uns Beiden?", sagt er zu ihr. Die Kellnerin, die solche und ähnliche Sprüche vermutlich gewöhnt war, sagte dazu nichts. Sie lächelt ihn aber lasziv an, beugt sich tief zu ihm runter und fragt: „Darf`s sonst noch was für Sie sein?" Er schaut kurz in ihren Ausschnitt und bestellt noch ein Bier - Ein gutes Trinkgeld war der Kellnerin für diese Aktion gewiss sicher.

Natascha fauchte innerlich vor Wut.
Gerade war sie noch neidisch gewesen auf die scheinbare Familienidylle, und nun hat dieser Idiot ohne Vorwarnung ihr schönes Bild in tausend Scherben zerschlagen. Sein lüsterner, geiler, widerlicher Blick - kaum dass seine Frau für ein paar Minuten außer Sichtweite war. Er war der klassische notorische Ehebrecher. „Er ist perfekt für mich", dachte Natascha, „Perfekt... als mein nächstes Opfer !"

Sie reagiert blitzschnell: Natascha holt einen Kugelschreiber aus ihrer Handtasche und schreibt damit etwas auf einen kleinen Zettel. Dann geht sie zum Tisch, wo der Mann noch alleine saß, und tut so, als wollte sie sich den

Ketchup ausborgen. Sie nimmt die Flasche kurz hoch, begutachtet sie, und stellt sie dann wieder hin. Währenddessen drückt sie dem Mann unauffällig den Zettel in die Hand. Dann setzt sie sich (ohne den Ketchup) wieder an ihren Platz zurück.

Innerlich etwas angespannt isst Natascha ihr Filet weiter. Sie schaut in Richtung des Mannes: Er lächelt sie an - Sie lächelt zurück. Als dann seine Frau mit der Tochter wieder von der Toilette zurückkehrt, ist er plötzlich wieder der „liebe Familienvater". Sein Gesicht nimmt wieder die unschuldige Mimik an, die es vorher gehabt hatte; und er schaut sich auch nicht mehr im Restaurant um. Natascha hatte mittlerweile zu Ende gegessen und bezahlt. Sie lächelt noch einmal zum Abschied in Richtung Nachbartisch und verlässt dann das Lokal.

Auf dem Zettel stand geschrieben:
„Ich finde dich sehr attraktiv.
Und ich liebe unverbindlichen Sex.
Wenn du Lust hast, treffen wir uns Morgen, 20 Uhr, Parkplatz vor dem Restaurant".

Nicht nur Nadeln

Am nächsten Abend fährt Natascha in ihrem roten Renault wieder zum Restaurant. Natürlich besaß sie noch weitere und luxuriöse Fahrzeuge, wie einen dunkelblauen Porsche und einen gelben Lamborghini mit hellgrauen Wildledersitzen, aber für ihre Abenteuer wollte sie etwas Unauffälliges fahren, um nicht die Aufmerksamkeit Fremder auf sich zu lenken. Der „Ehebrecher" wartete schon auf sie; allerdings suchte er im Bushaltestellen-Häuschen direkt neben dem Parkplatz Unterschlupf, da es in Strömen regnete. „Steig ein", sagt sie zu ihm. „Lass uns zuerst was Trinken gehen". Der Ehebrecher öffnet schwungvoll die Tür und steigt ein.

Die Fahrt dauerte nicht lange.
Währenddessen erzählt ihr der Mann, dass er verschiedene Kondome dabei hat: glatt und normal, mit Erdbeergeschmack, mit Noppen... Natascha tut sehr interessiert. Sie fragt ihn, welche er bevorzugen würde.
„Ich selber mag die glatten Normalen", sagte er, „aber die Ladies mögen oft die Noppen".

Innerlich angewidert fragte sie sich, wie oft der „Möchtegern-Familienvater" seine Frau wohl schon betrogen haben mochte.

Natascha geht mit dem Ehebrecher in eine dunkle, etwas schmuddelige Eck-Kneipe. An der Bar bestellt er ein kaltes Bier, und sie – wie üblich – einen weißen Martini. Um ein Gesprächsthema zu haben und den Ehebrecher bei der Stange zu halten, fragt sie ihn nach seinen sexuellen Vorlieben. Der Mann ist begeistert und antwortet detailreich. Er gesteht ihr auch, dass er nie was „anbrennen" lassen würde... Natascha holt etwas aus ihrer Handtasche und tut so, als wollte sie ihre Lippen mit einem knallroten Lippenstift nachziehen. Dabei fällt dieser - nicht ganz unabsichtlich - herunter. Als der Mann dabei war, den Lippenstift wieder aufzuheben, tut sie ihm schnell eine Ampulle X-5X in sein Glas. Sie plaudert weiter mit ihm über alle möglichen Sexpraktiken, und der Ehebrecher hört ihr aufmerksam zu. Aber zwischendurch macht er einen Versuch und fragt sie:
„Ich kenne ein günstiges Hotel in der Nähe. Wollen wir danach dorthin gehen?"

„Klar", sagt Natascha. „Aber lass uns erst in Ruhe austrinken und uns durch schmutzige Geschichten so richtig in Stimmung bringen".
„OK. Gerne. Aber ich muss bis spätestens um Mitternacht zu Hause sein. Sonst bekomm ich Ärger mit meinem ‚Weibchen'".

Während des Erzählens merkt Natascha, dass die Droge bei dem Ehebrecher schon wirkte. Sie trinkt den letzten Schluck von ihrem Martini aus, und dann gehen sie gemeinsam zum Auto, um – so schien es – wie vereinbart ins Hotel zu fahren. Um aber sicher zu gehen, dass die Droge ihn schon ausreichend außer Gefecht gesetzt hat, macht sie mit ihm neben dem Wagen den „Alle meine Entchen"-Test – wie bei ihrem ersten Opfer. Der Mann ist gehorsam, hebt sein linkes Bein und beginnt zu singen. Seine Darbietung überrascht Natascha aber: Der Ehebrecher hatte eine sehr sanfte und schöne Stimme, fast wie ein Profi. Sie war gerührt. Sie stellte sich vor, wie er das Lied seiner kleinen Tochter vor dem Einschlafen vorsingt, und sie es anschließend gemeinsam singen. „Doch Halt", denkt sie sich. Sie darf sich emotional davon nicht beeinflussen lassen – „Er ist *böse*!"

Anstatt wie besprochen zu einem Hotel zu fahren, parkt Natascha vor einem Tattoo-Studio, dass sie vorher ausgesucht hatte. Aber bevor sie aus dem Auto aussteigen, schreibt sie etwas auf einen Zettel, und gibt ihn dem Ehebrecher.
„Wenn wir drin sind, gibst du diesen Zettel ab, ohne Fragen zu stellen".
Sie gehen rein.
Der Laden war vollkommen leer, bis auf eine Frau, sehr schlank, um die 50, deren linker Arm sehr kunstvoll mit großen dunkel- und hellblauen Schmetterlingen tätowiert war.
„Kann ich Ihnen weiterhelfen ?", fragt die Frau die beiden Kunden.
Der Mann gibt ihr den Zettel. Die Frau liest ihn und schmunzelt. Und Natascha streichelt ihn vor den Augen der Frau über den Rücken.

Der Mann wurde angewiesen, sein Sweatshirt auszuziehen. Dann malt die Frau etwas auf seine Brust und zeigt es ihm im Spiegel. Er guckt Natascha an. Sie nickt; so nickt auch er. Und dann beginnt die Nadel seine Brust zu bearbeiten. Natascha setzt sich, beobachtet die Prozedur und kaut auf einem Kaugummi rum. Sie war genervt. Die Aktion dauerte länger als geplant. Als die Tattoo-Dame schließlich fertig war, tut sie eine kühlende Salbe und danach Frischhaltefolie auf die tätowierte Stelle. Natascha betrachtete das Werk. Es war so, wie sie es sich vorgestellt hatte. Auf seiner Brust stand groß in Blutrot: „EHEBRECHER".

Teil „Eins" ihrer Vorhaben war jetzt erledigt. Nun verspürt Natascha plötzlich einen starken Appetit auf Eis. Das war zwar nicht eingeplant, aber sie fährt zu einer Tankstelle, und kauft sich dort eine Art längliches rotes Wassereis, das sie im Auto isst. Der Ehebrecher schaut ihr etwas neidisch zu, denn er bekommt keins. Sie leckt am Eis, stöhnt dabei leise. Dann saugt sie daran. Währenddessen öffnet sie mit ihrer linken Hand alle Knöpfe ihrer weißen Bluse. Ganz langsam. Einen nach dem anderen. Der Mann darf zusehen, aber sie nicht anfassen. Sie stülpt ihre linke Brust aus dem BH. Der Ehebrecher hält den Atem an. Sie versucht, einen Tropfen von dem Wassereis genau auf ihrer Brustwarze landen zu lassen. „So ein Mist – Daneben", denkt sie sich. Also nimmt sie ihren linken Mittelfinger, streichelt damit das Eis auf und ab als wäre es ein

Schaft, und umkreist dann zweimal ihre entblößte rosafarbene Brustwarze behutsam gegen den Uhrzeigersinn mit ihrem nassen Finger. Der Ehebrecher sagt leise: „Ich leide". Und ein Blick auf seinen Schritt verrät Natascha, dass sein Anhängsel inzwischen steinhart ist. Sie antwortet nicht; grinst nur in seine Richtung. „Der Abschaum weiß garnicht, was Leid bedeutet", geht ihr durch den Kopf. „Wenn er wüsste, was ihm heute noch alles bevorsteht..."

Sie leckt einmal die ganze Eisstange von unten bis oben, und an der Spitze lässt sie kurz ihre Zunge etwas „flattern". Der Ehebrecher hält diesen Anblick kaum aus. Er schwitzt intensiv, und stöhnt leise. Dann nimmt sie die Spitze der Eisstange und gleitet damit vertikal über ihre Brustwarze. „Huch – echt kalt", denkt sie, aber reißt sich zusammen. Ihre Brustwarze ist nun sehr steif. Sie schaut sie an, streichelt sie abermals zärtlich mit ihrem Mittelfinger, und schaut dann dem verzweifelten Ehebrecher direkt in seine wollüstigen Augen, und fragt: „Willst du an meiner Brustwarze saugen ?" Er antwortet dreimal hintereinander ganz leise: „Ja. Ja. Ja."

„Wenn du Alles tust, was ich dir sage, darfst du sie vielleicht einmal kurz berühren".
Der Mann nickt energisch -
Aber Natascha hatte sicherlich nicht vor, ihm dieses Vorrecht zu gewähren.

In einem Hotel hatte sie ein Zimmer reserviert, in dem geraucht werden durfte, und das etwas abgelegen war. Sie checkt mit dem Ehebrecher (unter falschem Namen) ein. Neben ihrer Handtasche trägt sie noch eine andere größere Tasche mit sich. Das Zimmer ist nicht gerade geräumig und riecht etwas muffig, aber daran will sich Natascha jetzt nicht stören. Sie zieht erst einmal die gelben Vorhänge zu. Dann befiehlt sie dem Mann, sich komplett auszuziehen, und sich mit gesenktem Blick in eine bestimmte Ecke zu knien.
Der Mann gehorcht bedingungslos.
Natascha kommt nah an ihn heran. Langsam öffnet sie den Reißverschluss ihrer engen Designer-Jeans in Höhe seiner Augen. Der Mann leckt sich die Lippen. Dann zieht sie die Hose ganz aus. Sein Ständer tut ihm weh. Und Natascha bemerkt, dass er eine beachtliche Größe hat... und eine leichte Rechtsneigung.

Das Badezimmer ist groß; die Fliesen weiß. Der Ehebrecher soll sich dort nackt auf den Rücken legen. Als er still daliegt, und sein Ständer in die Höhe gereckt ist, stellt sich Natascha breitbeinig direkt über sein Gesicht. Sie hat noch ihre weiße Bluse an, und einen Slip aus weißer Spitze.
„Fass dich an. Aber wehe du kommst !"
Der Ehebrecher geht mit seiner rechten Hand an seinen Schwanz und bewegt die Vorhaut vorsichtig vor und zurück. Natascha steht noch immer über seinem Gesicht. Und um seine Erregung noch anzuheizen, schiebt sie für einen kurzen Augenblick mit ihrer linken Hand ihren Slip zur Seite. Beim Anblick ihrer Weiblichkeit stöhnt der Ehebrecher laut auf. Er ist kurz davor zu kommen. Doch nun befiehlt sie ihm, die Augen zu schließen und seine Hände neben seinen Körper zu legen.

In der großen Tasche, die sie mitgebracht hatte, befindet sich eine Tüte, die mit einem Handtuch umwickelt ist. Und in der Tüte viele kleine bunte Glasscherben. Natascha zieht ihre blaue Jeans wieder an, und ihre hohen roten Pumps, und verteilt die Glasscherben auf dem Fliesenfußboden des Badezimmers. Der immernoch nackte Ehebrecher soll sich auf die scharfen Scherben legen. Er gehorcht, aber wimmert ein wenig. Sein Ständer bleibt in voller Größe stehen. Er schaut hoch zur Decke. Die Mischung aus Geilheit, Schmerzen und Erwartung treibt ihn fast in den Wahnsinn.

Natascha hatte die bunten Glasscherben so verteilt, dass sie genau die Fläche des Rückens des Ehebrechers abdecken; so läuft sie nicht Gefahr, selbst in die Scherben zu treten. Wieder stellt sie sich über sein Gesicht, aber diesmal bekleidet: „Erinnere dich an vorhin, und fass dich wieder an".
Der Mann masturbiert, und atmet heftig.
Doch dann tritt sie gegen seinen Arm und sagt: „Schluss jetzt!"
Sie legt ein Kissen auf den weißen Boden und kniet sich darauf – direkt neben sein vor Geilheit zuckendes Geschlechtsteil.
„Leg deine Hände unter deine Pobacken und schließ deine Augen".
Natascha zündet sich eine Zigarette an. Sie hält sie in der rechten Hand. Mit der linken streift sie ganz kurz seine Eier.
„Bitte! Bitte lass mich kommen!", winselt er.
„Nein!...", ist ihre kalte Antwort.

Und nun führt sie die Mündung ihrer Zigarette dicht an seine vollkommen erigierte Eichel.
„.... Aber du bekommst einen heißen Kuss".
Ein lauter Schrei...
... als die Zigarette an seiner Eichel zischt.
„Nie wieder !
Nie wieder wirst du die Ehe brechen !"
Und mit aller Kraft, zu der sie fähig ist, zerquetscht sie seine empfindsamen Hoden.

Als er von seiner Bewusstlosigkeit im Badezimmer wieder aufwacht, weint der gemarterte Mann leise vor sich hin. Wie sehr seine Männlichkeit in jener Nacht in Mitleidenschaft gezogen wurde, ist ihm jetzt noch nicht klar. Ohne ihn eines Blickes zu würdigen, wirft ihm Natascha seine Klamotten zu, sowie einen Handfeger mit Schaufel und einen Wischlappen, die sie mitgebracht hatte.
„Zieh dich an und säubere das Badezimmer".
Sie raucht noch zwei Zigaretten auf dem Bett während sie wartet, dass das Badezimmer von Glasscherben und Blut gereinigt wird. Als schließlich alle Spuren beseitigt sind, soll der Mann wieder seine dicke und undurchlässige Jacke anziehen - denn er hatte immer noch viele Glassplitter im Rücken, die durch sein

helles Sweatshirt bluteten. Danach soll er rausgehen und vor dem Hotel auf Natascha warten. Aber nicht direkt vor dem Eingang, sondern in etwa 200 Metern rechts davon. Zehn Minuten später folgt sie ihm. (Das Zimmer hatte sie schon beim Einchecken bezahlt gehabt, und die blutigen Glasscherben nimmt sie in ihrer großen Tasche wieder mit).

Auf der Straße sagt Natascha zum Ehebrecher, er soll immer geradeaus laufen; Sie werde ihm mit dem Wagen folgen.
Der Mann läuft los.
Sie wartet eine Weile in ihrem roten Renault und lässt das Geschehen jener Nacht in ihren Gedanken Revue passieren.
Dann fährt sie ihm hinterher.
Der Tätowierte schien recht zügig gelaufen zu sein, denn er war schon weit weg. Sie sieht ihn, schmunzelt, und... fährt an ihm vorbei.

Als sie zu Hause ankommt, belohnt sich Natascha erstmal mit einem Schoko-Pudding. Danach schläft sie ein – mit einem Lächeln. Sie hat der Menschheit einen Gefallen getan: Ehebruch *muss* bestraft werden...

Sehnsucht

Am nächsten Morgen, als Natascha aufwacht, ist sie verwirrt.
Auf der einen Seite fühlt sie sich großartig, weil sie in der vergangenen Nacht eine wichtige Tat ausgeführt hat. Aber auf der anderen Seite ist sie unendlich traurig. Eine tiefe Melancholie durchflutet ihren ganzen Körper. Düstere Schwärze erstickt ihre Seele. Und sie weiß nicht, warum.

Sie beschließt, sich schnell anzuziehen und ins Auto zu steigen. Ohne sich zu Schminken. Sogar ohne ihren morgendlichen Kaffee ! Sie trägt dieselbe Kleidung wie am Tag zuvor, da sie keine Kraft hat, irgendetwas auszuwählen. Sie steigt in ihren dunkelblauen Porsche und fährt ziellos umher.

Während der Fahrt, - als Natascha auf einer Landstraße war - gehen ihr viele Gedanken rasend schnell durch den Kopf. Viele und keiner zugleich. Zwar ist sie konzentriert genug, um zu fahren, aber nicht genug, um einen klaren Gedanken zu fassen. Was war mit ihr los ? Bereute sie etwa die Tat von gestern?

Hatte sie Schuldgefühle ? Keineswegs. Im Gegenteil: Sie fühlte sich wie eine Heldin. Wie der einzig übriggebliebene gerechte Mensch auf Erden. Sie hatte Böses bestraft - nicht mehr, nicht weniger. Doch warum schmerzte ihre Seele plötzlich so sehr ?

Ein Blick auf den Tacho signalisiert ihr, dass sie tanken muss.
Als Natascha an der Tankstelle den Schlauch der Tanksäule in der Hand hält und wartet, bis der Porsche vollgetankt ist, bricht die Erkenntnis über sie herein. Was sie die ganze Zeit fühlte, fühlt jeder Mensch nach einem gewonnenen Kampf... wenn er Niemanden hat, der mit ihm den Sieg feiert. Sie fühlte starke Einsamkeit. Sehnsucht. Es war schrecklich.

Sie folgt einem Impuls und fährt spontan zum Schnell-Restaurant, in welchem sie nach ihrem ersten Abenteuer gefrühstückt hatte.
Als sie dort ankommt, bestellt sie exakt das gleiche, dass sie an jenem frühen Morgen auch bestellt hatte: Einen schwarzen Kaffee und ein Croissant. Ihr Herz ist plötzlich voller Hoffnung. Ihr läuft eine Träne über das Gesicht: Der „Unbekannte" könnte hier sein !

In diesem Restaurant. Oder er könnte draußen stehen und auf sie warten. Vielleicht liebte er sie. Vielleicht will er sie. Vielleicht will er sie genauso intensiv, genauso bedingungslos, wie sie *ihn* will. Irgendetwas Geheimnisvolles und Unwiderstehliches herrschte zwischen ihnen Beiden. Ein unerklärliches Band - stark, metaphysisch, göttlich. Natascha könnte sich pausenlos dafür bestrafen, dass sie damals einfach gegangen war. Aber es muss ein Wiedersehen geben. Es musste einfach sein. Denn ihr Schicksal mit dem Unbekannten war vorherbestimmt... vor Grundlegung der Welt.

Sie wischt sich die Träne aus dem Gesicht, und geht aus dem Restaurant. Ohne den Hauch eines Zweifels, dass er draußen sein würde. Sie würde wieder in seine geheimnisvollen grünen Augen sehen. Aber diesmal richtig.

Sieben Stunden.
Sie hat gewartet.
War sich sicher.
Er war da.
Aber sie konnte ihn nicht sehen.
Sieben Stunden.

In Hoffnung.
In Verzweiflung.
Wieder Hoffnung.
Es war kalt.

Zuerst bleibt Natascha einfach nur lange an der Stelle stehen, an der sie sich begegnet sind. Sie kostet die Erinnerung aus, geht jedes Einzelne noch so kleine Detail durch: Seine wunderschönen grünen Augen. Sein gepflegter Schnurrbart. Seine männliche Aura. Seine Stimme. Seine Hände. Seine Autorität.

Er kam nicht.
Sie läuft umher.
Bleibt wieder an „ihrer" Stelle stehen.
Versucht so etwas wie ein Gebet.
Läuft wieder umher.
Sie *will* ihn.
Er ist ihr Leben.
Und er ist nicht da.
Sieben Stunden.

Es fängt an zu regnen.
Wie ein Omen, das ihr Leben beendet.
Wie betäubt steigt sie in den Wagen -
... All ihre Zigaretten sind aufgeraucht.

Seelenkälte

Es ist ein Wunder, dass Natascha heil zu Hause angekommen ist; denn sie ist nicht gefahren, sondern wie eine Wahnsinnige durch die Straßen gerast. Sie wollte so schnell wie möglich weg von jenem Ort der Erinnerung. Ihre Hoffnung war nun endgültig tot. Sie würde den Mann – *ihren* Mann - nie wieder sehen. Es war, als hätte jemand mit aller Gewalt ihre Seele aus dem Körper gerissen.

In ihrem Wohnzimmer verschlingt sie mit Gier eine Pizza mit extra viel Käse. Sie hatte beschlossen, nicht mehr als sie selbst zu leben. Ihre Hoffnung war tot, ihre Seele war tot, und der erbärmliche Rest sollte folgen. Sie stopft sich voll mit Essen. Nach der Pizza verdrückt sie eine ganze Tüte Chips. Danach drei Puddings. Danach ein ganzes Glas saure Gurken. Währenddessen schaut sie eine Komödie, die gerade im Fernsehen läuft. Und noch einen Film. Und noch einen Dritten... bis sie vor dem Bildschirm einschläft.

Als sie nach vielen Stunden aufwacht, hat Natascha etwas bauchweh. Aber sie ist gelassen. Ihre schwere Traurigkeit ist verflogen. Sie denkt nicht mehr an gestern. Sie denkt nur noch, dass sie nicht mehr denken will. Nicht mehr fühlen will. Nicht mehr sein will. Aber für einen Selbstmord ist noch nicht der richtige Zeitpunkt gekommen; vorher muss sie ein Versprechen einlösen, dass sie vor einiger Zeit jemandem gegeben hatte.

Als „Annie-Laura" noch am Leben war, ist Natascha in Berlin mal alleine spazieren gegangen. Und um sich zwischendurch etwas auszuruhen, hatte sie sich auf eine Bank an einem Spielplatz gesetzt. Neben ihr saß eine Frau, mit der sie ins Gespräch kam. Die Frau hieß Manuela. Sie sah sehr traurig aus, und Natascha fragte, ob alles in Ordnung sei. Manuela blickte intensiv in Nataschas Augen. Sie sah dort soviel Zärtlichkeit, Mitgefühl, und auch Kraft, so dass sie ihr ohne zu Zögern ihr ganzes Leben anvertraute.

Manuela war 26. Sie war an jenem Nachmittag auf dem Spielplatz, weil sie die 7-jährige Tochter ihrer Nachbarin beaufsichtigte. Und während sie da saß und die Kinder beim Spielen beobachtete, war da auch ein Vater, der sich liebevoll um seine drei kleinen Kinder kümmerte. Er baute mit ihnen gemeinsam kleine Burgen aus Sand. Manuela empfand bei diesem Anblick großen Schmerz; ihr eigener Vater liebte sie nicht.

Manuelas Vater war Pastor. Der äußere Schein war perfekt: Er sorgte dafür, dass seine Familie ein gutes Haus mit Garten hatte, dass seine Kinder Klavierunterricht nahmen, dass seine Frau sich in der Gemeinde engagierte, und dass sein öffentliches Auftreten immer ein gekonntes Entertainment war. Manuelas Mutter hingegen war eine eher schwache Persönlichkeit, die ihren Lebenssinn darin fand, ihren Mann anzuhimmeln. Auch seine Predigten waren einwandfrei: Er rief die Leute auf zu Nächstenliebe. Zu Gottesverehrung. Zu Diakonie. Zudem war er immer sehr freundlich zu allen Gemeindemitgliedern. Er machte ihnen Komplimente, wo immer er nur konnte... denn seine Kirche finanzierte sich ausschließlich durch freiwillige Spenden.

Als Manuela 14 Jahre alt war, ging sie in die Jugendgruppe der Kirchengemeinde. Dort gab es zwei weibliche und einen männlichen

Mitarbeiter. Sein Name war Ralf. Zwei Jahre lang hatte er Manuela heimlich sexuell missbraucht. Und sie hat geschwiegen - Jahrelang. Als sie 19 war, nahm sie schließlich all ihren Mut zusammen und vertraute sich ihrem Vater an. Dieser beschimpfte sie und sagte, sie würde sich das Alles nur einbilden. Sie würde lügen. Und sie solle nie wieder ein schlechtes Wort über Ralf reden, er sei schließlich eine ‚tragende Säule' der Gemeinde. Daraufhin zog Manuela von Zuhause aus, und redete nie wieder mit ihrem Vater. Dieser ist inzwischen tot. Und Ralf ist der neue Pastor.

Als Natascha diese Geschichte gehört hatte, nahm sie Manuela in ihre Arme und tröstete sie, so gut sie konnte. Und sie versicherte ihr, dass eines Tages ganz gewiss Gerechtigkeit geschehen würde. Natascha machte sich Manuelas Leid ohne Einschränkung zu Eigen. Sie wird für sie kämpfen. Sie wird das geschehene Unrecht sühnen. Sie wird ihr starker Helfer in der Not werden. Natascha - Gottes dunkelblonder Gerechtigkeitsengel...

Im Herzen der Gerechtigkeit wohnt die Leidenschaft der Rache!

Das fatale Dinner

Es war Sonntag früh.
Natascha hasste es, früh aufzustehen. Es war ihr zutiefst zuwider. Sie war vom Typ her mehr ein Nachtmensch. Aber heute konnte sie vor Aufregung eh nicht mehr schlafen, denn sie hatte geplant, an diesem Morgen in die religiöse Gemeinschaft zu gehen, in der Ralf der neue Pastor war. Das letzte Mal, dass Natascha einen Gottesdienst besucht hatte – abgesehen von „Annie-Laura"`s Beerdigung – war, als sie 17 Jahre alt gewesen war. Sie hatte viele Fragen, die sie bewegten. Tiefe religiöse Fragen. Aber sie wurde enttäuscht von der Oberflächlichkeit, Arroganz und Heuchelei, die ihr dort begegnet waren.

Der Gottesdienst begann um 9:30 Uhr. Der Saal war fast voll. Zuerst wurden Lieder gesungen, Ankündigungen gemacht und ein paar Gebete gesprochen. Dann kam die Predigt. Ralf, der Pastor, hielt eine Art Vortrag zum Thema „Wunder und Naturwissenschaft". Die Predigt war interessant und man konnte gut zuhören. Natascha war überrascht, wie sympathisch Ralf auf sie wirkte. Sie hatte eine

Art „Monster" erwartet. Stattdessen stand ein warmherzig-wirkender, gutaussehender, rhetorisch-begabter blonder Mann auf der Kanzel. Trotzdem... Sie hatte nicht den Hauch eines Zweifels an Manuelas Geschichte.

Nach dem Gottesdienst geht sie auf Ralf zu und spricht ihn an. Sie wolle eine Art „Geschäftsessen" mit ihm vereinbaren: Sie möchte die Gemeinde regelmäßig und sehr großzügig finanziell unterstützen. Dazu müsse sie wissen, in welche Projekte die Gelder fließen würden, und wie es mit der steuerlichen Absetzbarkeit aussehen würde. Ralf war natürlich sofort interessiert, und sie verabredeten sich für den darauffolgenden Abend. Alles fügte sich reibungslos in Nataschas Plan.

Für diesen Anlass hatte sie ein echtes Nobelrestaurant ausgesucht. Dort speisen sie und Ralf wie die Könige. Sie lachen, machen Scherze, und gehen die Projekte der Gemeinde durch, die bereits existieren. Und sie diskutieren auch über Ideen für ganz neue Projekte. Natascha sagt ihm, dass sie sich zwar mit dem christlichen Glauben noch nicht so auskennen würde, aber sie möchte Gott schon mal ihren guten Willen zeigen, indem sie sein „Bodenpersonal" unterstützt. Pastor Ralf ist hellauf begeistert, und glaubt ihr jedes Wort. Aber als er schon ordentlich getrunken hatte – natürlich mit heimlichem X-5X – sagt Natascha ihm mitten ins Gesicht, dass sie über ihn und Manuela Bescheid weiß. Ralf verwickelt sich daraufhin in Widersprüche: Mal sagt er, dass da nie etwas gelaufen sei, und mal sagt er, dass Manuela *ihn* verführt hätte und *er* das eigentliche Opfer sei. Sie tut so, als ob sie ihm die Opferrolle abkauft, aber denkt sich: „Nun, wenn er sich schon für das Opfer hält, wird seine Rolle nachher wie angegossen sein".

Bei Ralf machte sie keinen „Alle meine Entchen"-Test wie bei ihren anderen Opfern. Natascha erkannte sicher anhand seiner Gesprächsäußerungen, dass er nicht mehr ganz beisammen war: Ralf fing an zu erzählen, wie schön er Manuelas jungen Körper fand, und dass die Gelegenheit so günstig gewesen war. Er half ihr regelmäßig bei den Schulaufgaben, hörte ihr immer zu, wenn sie was auf dem Herzen hatte, und ermutigte sie, über ihre familiären Probleme zu reden. Er saß immer sehr dicht neben ihr. Eines Tages erzählte sie ihm, wie sehr sie sich danach sehnte, von ihrem Vater geliebt zu werden. Manuela fing an zu weinen, und Ralf nahm sie in seine Arme. Und dann greift er ihr unter das T-Shirt... Stumm vor Schock und gelähmt vor Angst konnte sich Manuela nicht bewegen. Sie konnte sich nicht wehren. Sie konnte noch nicht einmal schreien. Ihre Kehle war wie zugeschnürt. Ralf wusste ganz genau, was er ihr antat. Er sah den Blick in ihren Augen - und es machte ihn an ! Nun hatte er sie für immer in seiner Gewalt; Niemand in der Gemeinde würde ihr glauben, schon garnicht ihr eigener Vater. Ralf hatte ein leichtes Spiel.

Beim Zuhören musste sich Natascha sehr konzentrieren, um sich nicht mitten im Restaurant zu übergeben. Sie beherrschte sich, und verlagerte ihre Gefühle auf später, wenn sie mit Ralf alleine sein würde.
Es war klar, dass Droge und Alkohol wirkten.
So flüstert ihm Natascha sehr leise ins Ohr:
„Heute ist der Tag gekommen:
Der Tag der Rache -
Der Tag der Abrechnung -
Du wirst nicht mehr derselbe sein !"

Nacht ohne Morgen

Eigentlich hatte Natascha Lust gehabt, zur „Feier des Tages" ihren gelben Lamborghini mit den hellgrauen Wildledersitzen zu fahren. Da sie aber in der Öffentlichkeit keine große Aufmerksamkeit erregen will, greift sie wieder auf ihren alten roten Renault zurück; so kann sie in Ruhe ihre Pläne verwirklichen.

Nach ihrem Abenteuer mit dem „Gähner" hatte sie das stillgelegte Industriegelände in Brandenburg gekauft. Sie hatte es gegen Eindringlinge sichern lassen: Sie ließ die Tore erneuern, die Mauer ausbessern, und hinter der Mauer einen starken unsichtbaren Elektrozaun rundherum installieren. Außerdem hatte sie in Vorbereitung auf den heutigen Tag neue „Anschaffungen" besorgen lassen.

Sie fährt mit Ralf dorthin.
Auf dem Weg hört Natascha im Auto Rammsteins „Weißes Fleisch", und bringt sich selbst damit in die richtige Stimmung. Außerdem weckt die Location natürlich schöne Erinnerungen in ihr. Sie weiß noch genau, wie das Benzin gerochen hat. Schön und intensiv.

Sie kommen in den vorbereiteten Raum. Er ist schallisoliert, und fast fensterlos. Von der Decke scheint grelles Licht. An der Wand ist eine Art großes Andreaskreuz aus Stahl befestigt. Natascha kettet Ralf mit Händen und Füßen daran fest. Und auch um seinen Bauch und seinen Hals herum legt sie dicke Eisenketten, die mit dem Kreuz verbunden werden. Der Schänder ist splitterfasernackt.

Rechts neben dem Andreaskreuz ist ein großer Tapeziertisch aufgestellt, auf dem einiges Werkzeug liegt. Zunächst zieht sich Natascha einen gelben Regenmantel an, um ihre Kleidung zu schonen, und bindet ihre dunkelblonden langen Haare mit einem Haargummi zusammen. Ralf guckt erwartungsvoll in ihr zartes Gesicht. In ihre unschuldigen blauen Augen. Sie gibt ihm einen Kuss auf seine linke Wange. So zart. So feminin. So süß. Der Schänder freut sich. Sie nimmt seinen Schwanz in die Hand, und schiebt die Vorhaut sanft ein paar Mal hin und her. Der Schänder freut sich mehr. Doch ihre Zartheit soll seine kommende Demütigung und seine Hilflosigkeit nur noch grotesker wirken lassen.

Natascha geht zum Tisch und holt den silberfarbenen Gegenstand. Sie leckt kurz die rechte Brustwarze des Schänders. Er freut sich. Dann beißt sie rein - er freut sich nicht. Und mit dem Skalpell schneidet sie einen Handteller großen Kreis um die gerade geleckte Brustwarze. Der Schänder wimmert. Und nun die andere Brustwarze: Sie bekommt einen Kreis in derselben Größe wie die Erste. Beide Kreise sind vollkommen symmetrisch. Sie bewundert lächelnd ihr Kunstwerk. Dann motiviert sie die Leidenschaft zu neuen Taten.

Auf dem Tisch liegt ein Spachtel. Er ist rasiermesserscharf - genau wie das Skalpell. Nun muss sie sehr vorsichtig sein, denn sie möchte die Hautkreise perfekt vom Körper abziehen. Sie setzt oben am rechten Kreis an, drückt den Spachtel langsam nach unten. Während sie es tut, summt sie leise eine weihnachtliche Kindermelodie vor sich hin: „Leise rieselt der Schnee". Kurz darauf hat Natascha den runden Hautfetzen in ihrer Hand. Sie legt den Kreis beiseite. Nun widmet sie sich dem nächsten Kreis... Und das Gesicht von Ralf, dem Schänder, wird immer blasser.

Es war inzwischen sehr heiß im Raum, denn es befand sich dort ein Ofen, der ähnlich ist wie die, die in Krematorien benutzt werden. Natascha hebt mit einer Zange eine runde handtellergroße dünne Metallplatte auf und erwärmt sie kurz im Feuer. Dann geht sie zum Schänder. Die heiße Metallplatte drückt sie nun an die Stelle, wo seine rechte Brustwarze gewesen war. Augenblicklich verbindet sich das Metall mit seiner Haut. Auch die linke Stelle wird auf die gleiche Weise bearbeitet, um die Wunden etwas zu veröden. Denn Natascha will nicht, dass Ralf verblutet oder ohnmächtig wird, bevor sie mit ihm fertig ist.

Der Raum war erfüllt von Fleischgeruch. Natascha macht eine Pause, setzt sich auf einen Stuhl, und holt einen weißen Schoko-Riegel aus ihrer grünen Designer-Handtasche. Während sie diesen genussvoll verspeist, schaut sie sich den Schänder an. Seine beiden Metallplatten schimmern im Licht. Es war die Einstimmung in eine vielversprechende Nacht.

Jetzt nimmt sie einen der Brustwarzen-Hautfetzen-Kreise und legt ihn über Ralfs Penis. Sie drückt den Hautfetzen daran fest, und durch das Blut, das an ihm trocknet, klebt er recht gut an ihm dran. Den anderen Hautfetzen nimmt sie und gibt ihn Ralf zu Essen. Da er es nicht im ganzen Stück runterbekommt, reißt er mit seinen Zähnen kleinere Stücke ab, bevor er sie schluckt. Sein Gesicht trieft vor Schweiß und ist hellgrün.

Natascha hält Ralf ein Foto vor die Augen.
„Du hast großes Unrecht getan!" sagt sie, dann packt sie das Foto von Manuela wieder ein. In einem angrenzenden Nebenraum hatte die ganze Zeit über Nataschas Hündin gewartet. Das Rottweiler-Weibchen war hervorragend ausgebildet: Sie gehorchte aufs Wort, und das immer. Und sie hatte seit vielen Stunden nichts zum Fressen bekommen. Mit Hilfe eines Esslöffels schmiert Natascha nun ein bisschen Leberwurst auf den mit einem Brustwarzen-Hautfetzen-Kreis bedeckten Penis des Schänders. Dann macht sie die Tür zum Nebenraum auf. Die pechschwarze Hündin legt sich vor Natascha flach auf den Boden, wie sie dressiert worden war, und wedelt heftig mit dem Schwanz. Natascha streichelt sie zärtlich, und sagt: „Gleich bekommst du ein ganz besonderes Fresserchen".

Dixie liebt Leberwurst.
Natascha bindet ihr die Leine um und führt sie zum Schänder. Sie soll die Wurst ablecken. Schmatzend widmet sie sich dieser Aufgabe. Sie möchte auch zubeißen, traut sich aber nicht. Sie schaut in Richtung ihrer Herrin mit einem fragenden Blick. „Beiß Dixie, beiß" – und mit einer unglaublichen Wucht und ihren mächtigen schwarzen Kiefern beißt sie dem Schänder den Schlauch der Schande ab. Ralfs Herz setzt aus, und er sinkt in sich zusammen. Um ihn „wiederzubeleben", schmeißt ihm Natascha schnell einen Eimer kaltes Wasser ins Gesicht. Sein Unterleib blutet in Strömen. Natascha weiß, sie hat nicht mehr viel Zeit.

„Du hast großes Unrecht getan !" sagt Natascha erneut. Aber durch den starken Blutverlust ließ die Wirkung des X-5X schneller nach als sonst. Ralf wurde bewusst, dass er ein Gefangener war, dessen Schwanz gerade von einem Rottweiler aufgefressen worden war. Er war fest mit Handschellen, Fußschellen und einigen Eisenketten an das Andreaskreuz befestigt; und er hatte nicht die geringste Hoffnung zu Entfliehen. Ihn überkommt ein heftiger Wutausbruch. Er rüttelt mit aller Kraft an den Eisenketten und versucht vergeblich, sich zu befreien. „Du Hure!", zischt er. „Du Hure! Du billige Fotze! Binde mich sofort los und bring mich ins Krankenhaus." Und dann schreit er weinend: „Bitte, bitte, bitte..."

Natascha war zwar überrascht, dass die Droge nicht mehr wirkte, aber sie war ganz gelassen: Es war mitten in der Nacht, der Raum war schalldicht, das Gelände gesichert, und der Schänder sehr fest angekettet. Zum dritten Mal sagt sie: „Du hast großes Unrecht getan!" Und dann fügt sie hinzu: „Und der Gott der Gerechtigkeit bestraft dich jetzt durch mich".

„Wo ist dein Schwanz?" sagt sie, und automatisch schaut der Schänder an sich herunter. Da war Nichts mehr - Kein Schwanz. Keine Eier. Nur eine sprudelnde Blutsfontäne. Seinen „Nicht-Schwanz" war das Letzte, was Ralf mit seinen beiden Augen gesehen hat. Und die letzten Worte, die er gehört hatte, waren: „Leiden ist Silber - *Sterben* ist Gold!" Das sagt Natascha, und rammt ihm die Spitze von einem im Ofen heißgemachten langen Spieß in sein rechtes Auge.

Sein Schrei ist ohrenbetäubend; und ihre Brustwarzen werden hart. Sie zieht nun den Spieß mit Ralfs aufgespießtem Auge wieder raus - und rammt ihn in sein anderes Auge. Jetzt hatte sie beide Augen auf dem Spieß. Sie zieht die Augen vorsichtig ab und legt sie vor sich hin auf den Boden. Sie grinst in Richtung Dixie. Diese hatte das ganze Geschehen aus einer Ecke des Raumes beobachtet. Natascha hebt mit ihren zarten Händen eins der Augen auf, und wirft es im hohen Bogen Dixie zu. Sie springt in die Luft, fängt es mit ihrem Maul und verspeist schmatzend das Leckerli. Sie wedelt mit ihrem Schwanz und schaut ihre Herrin an... und schon kommt auch das zweite Leckerli angeflogen. Gegrillte Augen... Nein - so was Köstliches hatte Dixie in ihrem Leben noch nie probiert.

Natascha geht zum Andreaskreuz.
Sie kontrolliert seinen Atem.
Sie kontrolliert seinen Puls.
Ralf ist tot.
Ein toter Schänder.
Ein toter Abschaum.
Eine Nacht der Gerechtigkeit.

Natascha kettet den Schänder vom Andreaskreuz los und legt ihn in die Mitte des Raumes. Das Jagdmesser hat einen schwarzen Ebenholzgriff, und ist mit einem japanischen Drachenmuster verziert. Sie setzt direkt unterhalb vom Hals an, rammt das Messer tief rein, und schlitzt den Schänder mittig auf, bis hin zu der Stelle, wo einst sein Geschlechtsteil gewesen war. Mit Hilfe einer Eisenstange (und der Hebelwirkung) bricht sie dann seine Rippenflügel auseinander. Sein Brustkorb liegt nun offen. Mit einem sehr kräftigen Ruck reisst ihm Natascha das Herz raus. Sie nimmt es in beide Hände, und riecht behutsam daran. ... Der Geruch der Rache der Unschuldigen.

Dixie wedelt mit dem Schwanz und bellt einmal ganz kurz und leise. Ihr wird erlaubt, das Gesicht des Schänders zu Essen. Die hungrige Dixie macht sich sofort ans Festmahl. Natascha sieht ihr zu. Sie sitzt auf dem Stuhl, immernoch im gelben Regenmantel, immernoch das Herz in beiden Händen. Als vom Gesicht nichts mehr übrig war, legt Natascha das Herz in den leeren Schädel. Sie streichelt Dixie, und küsst sie zart auf den Nacken. Auf Befehl ihrer Herrin schnappt Dixie nach seinem Herz.

In einem Zug ist das böse Herz verschlungen. „Gut gemacht!", sagt Natascha, und streichelt das Tier nochmal. Jetzt macht Dixie sich am Brustkorb und den Innereien des Schänders zu schaffen. Er wird perfekt ausgeschlachtet. ... Und Dixie ist satt.

Nach ihrem Festschmaus legt sich Dixie wieder gemütlich auf ihre Kuscheldecke, die in der Ecke links neben dem Andreaskreuz für sie bereitgelegt worden war. Doch für Natascha beginnt die richtige Schwerstarbeit dieser Nacht: Mit einer Axt zerstückelt sie die Überreste des Schänders - In 22 Teile. Die Zerkleinerungsanstrengungen verlangen der jungen Dame viel Kraft ab. Und unter dem gelben Regenmantel (der inzwischen mehr rot als gelb war), schwitzt sie aus allen Poren. Ihr wird ein wenig schlecht; aber es lohnt sich. Natascha ist überglücklich!

Als die Leiche in exakt 22 Einzelteilen auf dem Boden verteilt liegt, stellt Natascha den Ofen auf die höchste Stufe. Es wird noch heißer im Raum. Sie setzt sich erstmal hin und trinkt eine große Flasche Orangensaft. Ihr Durst ist enorm, aber die Arbeit noch nicht ganz fertig.

Nachdem sie ihren Saft ausgetrunken und sich ein bisschen von den bisherigen Strapazen ausgeruht hatte, zündet Natascha eine große weiße geschmückte Kerze an. Und wie bei einer Heiligen Prozession trägt sie nun die Kerze, umkreist damit - sehr langsam - die auf dem Boden liegenden Körperteile, und singt:
„Ich preise dich, jungfräuliche Gerechtigkeit!
Ich preise dich, du starke Kraft!
Ich preise dich, oh glühende Rache!
Ich habe ein großes Werk vollbracht!"

Dreimal umkreist Natascha mit langsamen, bedächtigen Schritten den leblosen Abschaum. Dabei singt sie ihre Siegesstrophe mehrmals leise vor sich hin. Von ihrer schönen zarten Stimme wird Dixie wach. Sie gesellt sich zu ihrer Herrin und kreist hinter ihr her. Auch *sie* stimmt ein sanftes Jaulen an.

Mit einer großen Schaufel schiebt Natascha jetzt die 22 Schänderteile in den heißen Ofen: Als Erstes sein schweres Becken, dann den Schädel, und nach und nach, den ganzen Rest. 22 Teile für jedes ihrer Jahre. Als Letztes wirft sie seine rechte Hand hinein - die Hand, die die junge Manuela so gefürchtet hat.

Im Lichtkreis

Während die Leichenteile brennen gönnt sich Natascha einen Snack: ein Käsesandwich und eine Banane. Beim verspeisen der letzteren schmunzelt sie ein wenig... Und als sie eine weitere Flasche Orangensaft ausgetrunken hatte, war der Verbrennungsprozess beendet. Sie säubert alle benutzten Utensilien, und spritzt den Boden mit einem Schlauch kräftig ab. An einer Stelle auf dem Boden befindet sich ein Ausguss. Dort verschwindet das Blut- und Wassergemisch für alle Zeit. Sie zieht den „gelb-roten" Regenmantel und auch sämtliche Kleidung aus, wirft diese ebenfalls in den Ofen, und dann spritzt sie sich selbst mit dem Schlauch ab. Das Wasser ist kühl und erfrischend. Nun ist alles wieder schön sauber.

Natascha legt eine runde purpurrote Decke an die Stelle auf den Boden, wo sie die Leiche zerstückelt hatte, und macht ringsherum viele große weiße Kerzen an. Dann holt sie die Asche aus dem Ofen, wartet, bis diese kalt ist, und verteilt sie mit bloßen Händen in einem Kreis um die Kerzen herum. Dixie kettet sie im Raum an, und verabreicht ihr vorsichtshalber ein starkes Schlafmittel (denn sie wollte nicht gestört werden), und macht ihr Lieblingsstück von Rachmaninoff an. Das Setting war perfekt. Die Nacht war perfekt. Das Werk vollbracht. Ihre Seele vollkommen.

Natascha hatte noch nie einen Orgasmus.
Und sie hat sich niemals selbst befriedigt.

Doch jetzt liegt sie da,
in der Mitte des Raums,
auf der purpurroten runden Decke.

Umgeben von Kerzen.
Umgeben von Asche.
Dixie schlafend in der Ecke.
Und Rachmaninoff im Ohr.

Nackt auf dem Rücken liegend geht sie in Gedanken jede Einzelheit dieser Nacht durch:
Die abgezogenen Hautfetzen...
Sie streichelt ihren Hals.
Die aufgespießten Augen...
Sie streichelt ihre Brustwarzen.
Sein abgebissener Schwanz...
Sie leckt sich die Lippen.

Sein tropfendes rotes Herz in ihren Händen,
noch ganz warm,
ganz zart,
ganz böse...

Ihre Hände gleiten über ihren ganzen Körper,
erst sanft,
dann intensiver,
stürmischer.

Sie erreicht die Öffnung,
streichelt sie,
penetriert sie.

Sie schließt die Augen.

Rachmaninoff im Ohr.

Gerechtigkeit in der Seele.

... und

– endlich –

einen Orgasmus in ihrem Schoß...

Unerwartet

Noch viele Stunden bleibt sie dort liegen.
Ihre Seele fühlt sich frei.
Ihr Körper entspannt.

Aber Nataschas Herz war leer !

Sie setzt sich auf – immernoch nackt - raucht eine Zigarette und trinkt ein Glas Rotwein. Draußen war es schon heller Mittag, aber Innen war es komplett abgedunkelt.
Die Kerzen brannten langsam aus.

Als Natascha zusieht, wie Eine weiße Kerze nach der Anderen langsam erlischt, denkt sie an ihr eigenes Leben. Auch das wird irgendwann erlöschen - genau wie die Kerzen. Allein das Schicksal wird bestimmen, wann es soweit sein wird.

Doch warum sollte sie eigentlich auf das Schicksal warten ?
Warum sollte sie das Ende nicht selbst in die Hand nehmen ?
... denn ihr „Jetzt" war ideal.

Sie hatte Alles erreicht:
Sie hatte das Leben geschenkt bekommen von ihren Eltern.
Sie hatte Liebe bekommen von Hannelore.
Sie hatte mehr Geld gehabt, als sie je hätte ausgeben können.
Sie hat einer gequälten Seele Gerechtigkeit verschafft.
Und sie hat einen Orgasmus bekommen.

Nun gab es für sie Nichts mehr, wofür es sich noch zu leben lohnen würde.

Natascha bringt die noch schlaftrunkene Dixie zurück in den Nebenraum, öffnet dort ein Fenster (so dass Dixie rausspringen konnte, wenn sie wieder richtig wach war), und schließt die Tür zu. Der Ofen brennt noch. Natascha hält für einen kurzen Moment inne, öffnet die Ofentür, schließt ihre Augen und sagt leise: „Tschüss, Welt!"...

In diesem Moment wird die Tür des Raumes aufgerissen... und ein Mann kommt herein.
Natascha wird schwarz vor Augen.
Sie versinkt nackt in seinen Armen.
... Den Armen des „Unbekannten".

Epilog

„Wer bist du ?" fragt Natascha, nachdem sie wieder zu sich gekommen war.
Er schweigt, und schaut sie intensiv an.
„Wer bist du ?", fragt Natascha erneut.
„Du weißt, wer ich bin".
„Ich möchte es gerne aus deinem Mund hören – mit deiner Stimme", sagt sie.
„Ich bin dein Traum.
Dein zum Leben erweckter Traum.
Ich kenne dich besser als du selbst.
Und ich liebe dich.
Mehr als du je begreifen wirst.
Ich existiere nur für dich.
Und du existierst nur für mich.
Dein Schicksal und mein Schicksal
sind aus der selben Ewigkeit geboren."

Er küsst sie – hauchzart - auf ihre Lippen.
Sie schmiegt sich enger in seine Umarmung.
Sie küssen sich nochmal.
Er war ihr Lebenssinn.
Er war ihr Mann.
Er war *der* Mann.
Der einzige Mensch.
Der einzige Mensch unter Nicht-Menschen.

„Ich werde jetzt nicht zärtlich zu dir sein !"
Seine Stimme war plötzlich sehr befehlend.

Sie verstand.

Sie kniet sich auf die runde purpurrote Decke, die noch immer in der Mitte des Raumes lag.

Er entkleidet sich und legt sich zu ihr.

Zwei nackte Menschen.
Ein einsamer Raum.
Totenstille.
Der Ofen brennt.

Alle Kerzen sind erloschen.

Sie verstand.

Er hatte noch nie einen Orgasmus...

Impressum:

© copyright *Madame Mordlust*, 2016 A.D.
„Orgasmord – Ein sadistischer Roman"

Umschlaggestaltung: *Madame Mordlust*
Herstellung und Verlag: BoD – Books on Demand, Norderstedt

ISBN 9783743103689

Alle Rechte, insbesondere das Recht der Vervielfältigung und Verbreitung sowie der Übersetzung, vorbehalten. Kein Teil des Werkes darf in irgendeiner Form (durch Fotokopie, Mikrofilm oder ein anderes Verfahren) ohne schriftliche Genehmigung der Autorin reproduziert oder unter Verwendung elektronischer Systeme gespeichert, verarbeitet, vervielfältigt oder verbreitet werden.

All rights reserved. No part of this publication may be reproduced, stored in a retrieval system, or transmitted, in any form or by any means, electronic, mechanical, photocopying, recording or otherwise, without the prior permission of the Author.

Bibliografische Information der Deutschen Nationalbibliothek: Die Deutsche Nationalbibliothek verzeichnet diese Publikation in der Deutschen Nationalbibliografie; detaillierte bibliografische Daten sind im Internet über www.dnb.de abrufbar.

www.madame-mordlust.de

MIX
Papier aus verantwortungsvollen Quellen
Paper from responsible sources
FSC® C105338